I0551106

PANEGYRIQVE
DV ROY
LOVIS QVATORZIEME

Prononcé dans l'Academie Françoise.

A PARIS,

Chez PIERRE LE PETIT Imprimeur ordinaire du Roy
& de l'Academie Françoise, ruë Saint Iacques,
à la Croix d'or.

M. DC. LXXI.
AVEC PRIVILEGE DE SA MAIESTE'.

(1)

L'B. L. 1355.

PANEGYRIQVE
DV ROY
LOVIS QVATORZIE'ME.

Prononcé dans l'Academie Françoise.

Le troisiéme Fevrier 1671. l'Academie estant extraordinairement assemblée en presence de Monseigneur Seguier Chancelier de France son Protecteur: Aprés que Messire François de Harlay de Chanvalon, Archevesque de Roüen, nommé par SA MAIESTE' *à l'Archevesché de Paris, a esté receu en l'vne des quarante places d'Academicien, vacante par la mort de feu Messire Hardoüin de Perefixe de Beaumont Archevesque de Paris, autrefois Precepteur du Roy, & a remercié la Compagnie par vn discours tres-éloquent meslé des loüanges de* SA MAIESTE'; PAVL PELLISSON FONTANIER *se trouvant Directeur, a dit:*

ONSIEVR,

Cette Assemblée extraordinaire, ce concours de nos Academiciens, leurs yeux, leur visage, leur

attention, leur filence mefme, vous ont déja dit
combien ils fe fentent honorez de voftre prefence,
& touchez de vos bontez. Mais ils attendent de
moy quelque chofe de plus, & veulent que je parle,
beaucoup moins pour la neceffité, que pour l'éclat,
en vn jour que nos Regiftres marqueront à l'avenir entre les plus grands & les plus folemnels.

Ie ne voy pas vn de mes Confreres, maintenant
ravis de fe pouvoir dire les voftres, qui par vn zele
tres-jufte pour vous, mais trop injufte pour moy,
ne s'imagine que je dois dire tout ce qu'il penfe, &
le dire avec fon efprit, fes lumieres, & fa délicateffe,
que je n'ay pas.

Les vns fe promettent que pour la gloire de l'A-
cademie, je releveray voftre augufte caractere, plus
relevé de luy-mefme que tous les difcours humains.
Les autres ne doutent pas que je ne faffe valoir le
fang illuftre, les alliances des Maifons fouveraines,
les honneurs & les emplois, &, ce qu'on ne peut
oublier en ce lieu, les lettres fi fouvent & fi heureufement jointes aux armes, dans les grands hommes dont vous fortez. Ceux-cy s'arreftent princi-
palement aux qualitez perfonnelles, foit celles de
l'honnefte homme, foit celles du Prelat, également
ment accomplies en vous. Ceux-là en particulier,
au profond fçavoir, à qui l'âge mefme n'a pas efté
neceffaire. Vn grand nombre à l'adreffe judicieufe
meflée de douceur & d'autorité, qui fe rend toutes les fois qu'il le faut, maiftreffe des Affemblées,
des Compagnies, & des Peuples mefmes, pour leur
vtilité propre, & pour celle de l'Eftat. Tous enfem-

ble, à cette eloquence de toutes les fortes, tantoſt
privée, tantoſt publique, tantoſt preparée, tantoſt
ſoudaine ; toûjours aſſeurée de perſuader ou de
plaire, & dont vous venez de renouveller l'idée, ſi
belle, ſi vive, & ſi noble, dans nos eſprits.

Pour moy, MONSIEVR, je connois, j'admire,
je ſens comme eux, tous ces avantages, & mille autres que nous penſons poſſeder nous-meſmes en
vous poſſedant. Mais quand ils m'auroient preſté
toutes leurs voix, pour faire éclater de ſi grandes
choſes autant qu'elles le meritent, je ne ſçay ſi le
concert de tant d'éloges, quelque juſte & quelque
harmonieux qu'il puſt eſtre, ne bleſſeroit point vos
oreilles, pour eſtre trop prés de vous.

Ne pourrois-je point me ſoûtenir par la nou-
veauté, & découvrir en quelque partie de l'Art,
pour ainſi dire, moins frequentée, des loüanges que
voſtre pudeur écoutaſt ſans peine, qu'elle ne puſt
refuſer, qu'elle fuſt bien-aiſe de publier elle-meſme?

Ou je me trompe, ou j'entrevoy quelque jour &
quelque lumiere à ce deſſein. Car quand je regarde
quelle eſt la main qui vous donne à nous, qui nous
donne à vous : Quand je voy la place la plus impor-
tante du Clergé François, celle qui demande le plus
toutes les grandes qualitez, ſoit civiles, ſoit eccleſia-
ſtiques, vous eſtre déferée à l'inſtant & ſans heſiter,
non point par l'ordre de la ſucceſſion, ni de l'âge,
ni par le hazard, ni par la cabale ; mais par le jugement & le choix d'vn Prince ſage & habile s'il en fut
jamais : Ie me perſuade que les loüanges infinies &
inépuiſables d'vn ſi grand Roy, encore que vous

les écoutiez toûjours avec joye, encore que vous
les portiez vous-mefme plus haut que perfonne du
monde, comme nous venons de l'éprouver, retom-
bent neanmoins toutes fur vous, vous reviennent,
& vous appartiennent deformais; & qu'au lieu d'a-
bandonner voftre éloge, je le continueray peut-eftre
d'vne maniere plus noble, fi je commence le fien.

Le plus fameux des Anciens en l'art du Panegyrique, avoit à parler de la plus grande Beauté du
monde, celebre par fes avantures, fortie, comme il
difoit, du fang de leurs Dieux, receuë aprés fa mort
entre les Déeffes, & donnant fans ceffe des marques
de fon pouvoir. Il paffe legerement tant de grands
endroits, que chacun voyoit comme luy; mais il
s'arrefte au jugement de Thesée qui crût devoir
tout entreprendre pour elle: puis décrivant en particulier toutes les autres actions de ce grand homme, les monftres domtez, l'injuftice & la violence
reprimées, les loix établies, les villes fondées ou
délivrées de la fervitude; il croit avoir affez élevé
l'heroïne, en élevant le heros.

I'effayeray, quoy qu'avec vn genie bien different,
quelque chofe de femblable. Vous me le permet-
tez, MESSIEVRS. Il y a des temps & des matie-
res au deffus des loix: il y a, vous le fçavez, des ir-
regularitez plus heureufes que les regles mefmes.
C'eft d'ailleurs loüer, felon nos couftumes, noftre
augufte Fondateur Louys XIII. que de parler d'vn
tel Fils, la plus haute & la plus durable recompenfe
qui ait efté accordée fur la terre à fa fageffe, à fa tem-
perance, à fa juftice, à fa pieté. Ceft loüer fans

affectation & fans envie, noftre grand Protecteur
prefent, la voix, mais la digne voix d'vn fi grand
Maiftre, l'Interprete, auffi venerable qu'éloquent
& que fidelle, de fes penfées Royales, le premier
dépofitaire de fes volontez & de fon pouvoir.
C'eft loüer en mefme temps l'illuftre Confrere,
dont nous réparons fi heureufement la perte, qui a
travaillé durant tant d'années, à former avec la nature, avec Dieu mefme, l'ouvrage le plus parfait
que nous puiffions admirer aujourd'huy. C'eft vous
loüer enfin, MESSIEVRS, & tous les membres de
ce Corps, qui partagent fi diverfement, & en tant de
fortes, ou la confiance du Monarque, ou fes bon-
nes graces, ou fes bienfaits, ou fon approbation &
fon eftime.

Ne penfez pas toutefois, MESSIEVRS, que je
veüille vous prévenir en fa faveur par cette efpece
d'intereft. Oubliez pour vn peu de temps toutes les
graces que vous en avez receuës, & toutes celles
que les belles lettres en reçoivent tous les jours.
Ne vous fouvenez plus que vous eftes nez François.
Effacez mefme de voftre imagination, fi toutefois
il eft poffible, cette bonne mine digne de l'Empire,
comme parloient les anciens, cet air, ce port, cette
majefté fi douce & fi redoutable, ce mélange d'hu-
manité & de grandeur qui éclate dans fes yeux, qui
échape à tous les efforts de la peinture & de la fcul-
pture, & qui s'imprime fi vivement dans les cœurs.
Il me fuffit que vous connoiffiez la France, & que
vous l'ayez connuë autrefois. En quel lieu de cette
vafte Monarchie ne le trouverez-vous point luy-

mefme plus grand que la Monarchie, & tel que je
voudrois vous le pouvoir reprefenter?

Ie ne pretens pas cependant ne rien oublier d'vne
fi ample matiere, dans vn difcours d'auffi peu d'é-
tenduë que celuy-cy, ni parcourir également avec
vous toutes les parties de l'Eftat. Au contraire,
j'éviteray, MESSIEVRS, je le declare, pluftoft
que je ne chercheray dans mon fujet, tout ce qu'on
y a le plus remarqué, le plus loüé jufques à cette
heure. Ie paffe à deffein vne infinité de chofes, dont
chacune à part feroit tout l'ornement d'vn Panegyrique, pour vn Prince moindre que le noftre. Ie
laiffe la Nobleffe ou purifiée, ou foûmife aux ordres de la Iuftice; vne partie du Tiers-Eftat oc-
cupée aux travaux vtiles, inconnus auparavant dans
le Royaume, & le partage des Etrangers; tout ce
qu'il y a de plus difficile & de plus grand entre-
pris pour le bien du commerce, jufqu'à la jonction
des mers déja fi avancée, & qui paffoit auparavant
pour le vain difcours des gens de trop de loifir; le
peuple en general foulagé; la fecondité recompen-
sée; les procés abregez; les loix reformées; l'œco-
nomie fervant à la magnificence & à la liberalité.

Mais ni le grand Archevefque que nous rece-
vons aujourd'huy parmi nous, ni mes propres
fentimens, ne me permettent de paffer auffi legerement fur l'Eglife, pacifiée depuis peu, florif-
fante depuis long-temps par l'application du Prince,
par fes foins, & par fa pieté. Vous, MESSIEVRS, à
qui tous les fiecles font prefens comme le noftre,
& qui voyez avec douleur les viciffitudes humaines
　　　　　　　　　　　　　　　　　s'étendre

s'étendre à tout ce qu'il devroit y avoir de plus im-
muable parmi les hommes, jufqu'à la Religion,
jufqu'aux Autels; remontez à huit ou neuf cens ans
dans nos hiftoires, plus loin encore, prefque jufqu'au temps heureux & malheureux tout enfemble
des Martyrs & de leurs miracles; vous ne trouverez
point ailleurs, je ne crains pas de le dire, les premie-
res places de l'Eglife, remplies en France de plus ex-
cellens fujets, le merite plus diftingué par la recompenfe, l'indignité plus fleftrie & plus éloignée par le
mépris. Si quelqu'vn en peut douter, qu'il regarde
feulement les victoires non fanglantes, que le travail,
que le fçavoir, que la pieté de nos Prelats & de leurs
troupes facrées, remportent à toute heure fur ceux
que des temps tout differens, & le malheur de nos
peres, avoient feparez de la Foy. Heureux les captifs
volontaires qui fuivent avec joye le char de ce triom-
phe! mais ingrats en mefme temps, ou obligez de
reconnoiftre, que fi c'eft l'ouvrage des Pafteurs, le
choix des Pafteurs eft l'ouvrage du Roy, comme le
Roy celuy de Dieu mefme!

Ie ne finirois point, Messieurs, fi je ne me
renfermois deformais dans quelques reflexions par-
ticulieres, fimples & abregées, fur les travaux de
noftre Monarque. Ie veux bien, & il eft jufte, qu'on
admire dans fes Maifons Royales la nature furmon-
tée par l'art; les fontaines, les canaux, ou pluftoft
les rivieres & les mers, par des conduits foûterrains,
occuper la place des fablons fteriles & des terres
alterées. Mais qui ne l'admirera luy-mefme infini-
ment davantage, fi par les voyes plus fecrettes, plus

B

obſcures & plus inconnuës du gouvernement, dont
il eſt luy ſeul l'ouvrier, le conducteur & le maiſtre,
il a ſceu corriger, ſurmonter, & changer en mieux,
les mœurs, les inclinations, & le genie de ſes peuples?

Vous avez veu, MESSIEVRS, ſous la Regence
d'vne Reine tres-pieuſe, l'impieté ſe montrer quel-
quefois hardiment, aujourd'huy morte ou muette
à la Cour.

Vous avez veu auparavant ſous le regne d'vn Roy
tres-ſobre, ce que nous ne voyons plus, l'excés op-
poſé à cette vertu, paſſant du bas peuple aux per-
ſonnes de qualité, deshonorer la France, comme
quelques-vnes des nations voiſines.

La fureur des duels inveterée & confirmée par
tant de ſiecles, eſtoit en noſtre ſeule nation vn mal
incurable, dont la gueriſon eſt maintenant ſi par-
faite, que nous commençons à l'oublier avec le mal
meſme.

Le commerce maritime eſtoit impoſſible aux
François, incapables, diſoit-on, de chercher vn
profit où l'on commence preſque toûjours par des
pertes, où l'on ne s'avance que par le bon ordre,
par la perſeverance, & par le travail. Ce commerce,
cependant, auſſi-bien que mille autres avantages,
nous fait aujourd'huy autant de jaloux, que nous
avons de voiſins.

En quel lieu du monde eſtoit-il autrefois plus
permis & plus facile aux particuliers? En quel lieu
du monde leur eſt-il aujourd'huy plus difficile &
moins permis, de ne point faire leur charge, d'abu-
ſer de leur autorité, d'eſtre diſpenſez des loix, de ſe

difpenfer eux-mefmes de leur devoir ?

Quelles hiftoires, quels livres, quelles Nations, &
quelles Langues n'ont parlé de l'infolence du Soldat
François, & du peu de difcipline de nos troupes ?
Elles vivent maintenant ; nous l'avons veu de nos
yeux en Flandre, elles vivent, mefme dans les villes
conquifes, plus regulierement que leurs propres
habitans, pendant que les fujets d'Efpagne,
tremblans, captifs, & renfermez dans leurs murailles, n'ofent les perdre de veuë, & s'écarter à la cam-
pagne par la feule crainte de leurs propres gar-
nifons.

D'où viennent, MESSIEVRS, tant de change-
mens à la fois, & fi remarquables ? Y a-t-il quelque
revolution extraordinaire, quelque conjonction &
quelque conftellation nouvelle dans le ciel ? Dif-
penfons-nous de l'obferver : laiffons-en le foin à ces
nouvelles Academies Royales, filles ou fœurs de la
noftre, ouvrages encore de la mefme revolution, ou
plûtoft de la mefme main fi magnifique & fi puiffan-
te. Ce qu'il y a de certain & d'indubitable, c'eft que
nos Rois font nos aftres ; leurs regards, nos influen-
ces, leurs mouvemens & leur conduite, la premiere
fource fur la terre de nos vices & de nos vertus.

Mais peut-eftre que le Roy dont nous parlons,
s'eft borné luy-mefme au dedans de fon Eftat. De-
mandez-le, MESSIEVRS, à toutes les nations du
monde, à qui l'on peut dire qu'il eft & qu'il a toûjours efté prefque auffi prefent qu'à nous, ou par
la protection, ou par l'amitié, ou par la crainte, ou
par l'hommage libre & volontaire que les plus éloi-

gnées rendent si souvent à sa reputation & à sa vertu.

Ie ne puis encore, MESSIEVRS, toucher icy que
rapidement & comme en courant, la matiere de
plusieurs volumes. Ie ne diray rien des victoires &
des progrés avant la paix des Pyrenées, où sa mo-
destie luy fait prendre bien moins de part qu'il n'en
doit avoir. Il commence à gouverner luy-mesme,
ayant desormais pour premier Ministre, le genie,
joint au courage, au travail, au secret, à la fermeté, à la
ponctualité, à l'exactitude. L'Espagne veut vsurper
sur nous, dans vne Cour voisine, vne égalité injurieu-
se, & qu'on ne luy peut jamais accorder. Elle est aus-
si-tost contrainte, ce qu'on n'avoit jamais veu encore, de ceder la préseance par vne declaration solemn-
nelle & publique. Dunquerque & la Lorraine cependant se réjoüissent de revenir à l'EmpireFrançois. On
viole à Rome la dignité d'vn Ambassadeur : le Roy
en tire vne double gloire, & de faire hautement re-
parer l'offense, & de l'oublier. La Pyramide, toute
abatuë qu'elle est par luy-mesme, subsistera deux
fois dans l'histoire, monument de sa puissance, &
monument de sa bonté.

Vn Prince Ecclesiastique son allié ne peut dom-
ter vne ville aussi forte que rebelle, obstinée dans
sa faute par vn faux amour de Religion & de liberté;
Tout le parti Protestant se doit émouvoir pour elle
dans l'Empire. Elle se rend toutefois à la veuë de
nos troupes, ou plustost au seul nom de nostre Monarque, comme si elle venoit de voir tomber ses
bastions & ses murailles; & chacun approuve ce qu'il
n'a pû empescher.

Le Turc eſt déja bien prés de Vienne avec cent mille hommes : il n'a plus de riviere qui l'arreſte. Toute l'Allemagne tremble , preſque toute la Chreſtienté. Six mille François d'vne valeur heroï-que la vont délivrer,& diſſipent cette épouvantable armée, mépriſant leur vie, par la noble ardeur d'o-beïr & de plaire à leur Roy.

Les Hollandois ſes alliez ſe trouvent preſſez par vn ennemi voiſin & plein de vigueur. Il les ſauve avec generoſité d'vn peril extrême ; n'ignorant pas, mais ne mettant pas en compte ſes intereſts à venir. Ils ſont en meſme temps engagez en vne guerre cruelle avec l'Angleterre. Il ſe déclare pour eux comme il l'a promis : il conſerve neanmoins le pou-voir & l'autorité d'arbitre entre les deux nations, & ſe départ magnanimement de ſes propres avan-tages pour leur donner la paix.

On refuſe à la Reine ce que le ſang & les loix luy donnent. Aprés avoir combatu par les raiſons, le voilà qui marche à la teſte de ſes armées ; qui étonne les plus vieux & les plus ſages Capitaines par ſa conduite, les plus braves & les plus déter-minez ſoldats par ſa valeur ; qui force, qui gagne, qui inonde places & provinces entieres, comme vn torrent, que l'hyver meſme rend plus rapide , ſans qu'il manque rien à ſa gloire, que ce qui manque toûjours à celle des heros ; C'eſt qu'on ſe reſoud avec peine à leur reſiſter & à les attendre, & que leur reputation laiſſe beaucoup moins à faire à leurs armes.

Mais ce torrent va noyer & ravager comme l'on

penſe, amis & ennemis avec la meſme fureur. Il
ſurprend à la verité amis & ennemis, mais d'vne
autre ſorte. Il ſe retire beaucoup au deçà de ſes ju-
ſtes bornes; le Conquerant eſt au deſſus de ſes con-
queſtes : ni ces belles & grandes poſſeſſions, ni les
eſperances infinimẽt plus belles & plus grandes,
ne luy perſuadent ou de violer, ou d'éluder vne parole donnée : Rare exemple d'honneur, de mode-
ration & d'équité!

Parmi tant de proſperitez & de triomphes, s'il
faut que la fortune, ou plûtoſt cette ſageſſe ſupe-
rieure, qui ne ſemble aveugle qu'à l'aveuglement
humain, le traite vne fois ou deux comme tout le
reſte des plus grands hommes, & ne ſe monſtre
pas toûjours également favorable aux bons deſſeins:
on croiroit, qu'elle ne veut humilier la Nation, que
pour relever davantage le merite du Prince. Auſſi-
toſt que nos troupes, & nos troupes les meilleures
& les plus fortes, ſeparées de la France par des
mers, & éloignées des yeux du Maiſtre, manquent
à executer ſes ordres, où n'en peuvent recevoir de
nouveaux; ce n'eſt plus ce que c'eſtoit auparavant.
L'Afrique & Candie voyent deux entrepriſes con-
tre les Infidelles, grandes, genereuſes, pieuſes, à
jamais loüables en tout ce qu'elles ont de luy,
eſtre neanmoins ſuivies d'vn ſuccés contraire;
comme pour faire ſentir aux François, ce qu'ils
ſçavoient ſeulement juſques alors; que leurs victoires eſtoient beaucoup moins vn effet de leur valeur, qu'vn effet de ſa conduite.

Qu'ajoûterons-nous à cet eloge, MESSIEVRS,

ou plûtoft, qu'en pourrions-nous retrancher? Ce
Prince ne feroit-il point, comme tant de Princes,
moindre que luy-mefme à ceux qui l'approchent;
autre en fes difcours qu'en fes actions; tellement
attaché au devoir de Roy, qu'il en oublie tous les
autres, celuy de pere, celuy de particulier; fans
magnanimité pour ceux qui le fervent; fans confi-
deration & fans bonté pour tout ce qui eft au def-
fous de luy; de difficile accés à fes peuples; impa-
tient du moins, & chagrin, par la multitude des oc-
cupations importantes; qui eft de tous les defauts
le plus pardonnable, & celuy que les grands hommes furmontent peut-être le dernier?

Rien moins, MESSIEVRS. De prés plus que
de loin on découvre à tous momens davantage fa
veritable grandeur. Iamais que des fentimens,
jamais que des expreffions de Roy. I'ay crû mille
fois, qu'il n'eftoit pas né, mais qu'il avoit efté
fait noftre Maiftre, comme fans comparaifon,
plus raifonnable que pas vn de fes fujets. Quelque autre par vne politique baffe & maligne,
mais qui n'a que trop d'exemples dans les hiftoires, porteroit envie à fon fucceffeur, ou fe con-
tenteroit d'avoir mis au monde, vn Prince en qui
la nature luy reprefentaft déja d'elle-mefme tous
les premiers traits de fes propres vertus. Il choifit
au contraire pour cette education Royale tout ce
qu'il peut découvrir de plus éclairé, de plus fage,
de plus droit, de plus ferme, de plus genereux, de
plus honnefte, de plus capable, de plus fçavant,
comme s'il n'y devoit plus penfer luy-mefme; Il y

penſe, comme ſi perſonne ne le devoit ſecon-
der dans ce travail, juſqu'à mettre par écrit pour
ce cher fils, & de ſa main, les ſecrets de la
Royauté, & les leçons eternelles de ce qu'il faut
éviter ou ſuivre; non plus ſeulement pere de cet
aimable Prince, ni pere des peuples meſmes;
mais pere de tous les Rois à venir? Quel de nos
Monarques a prévenu, comme luy, par ſes libera-
litez & par ſes graces, les deſirs meſmes des ſiens?
En quel temps a-t-on veu les preſens plus magni-
fiques, les recompenſes plus frequentes ou plus
grandes, meſme du fond de ſon épargne, & de tout
ce qu'il pourroit retenir? Quel particulier remar-
quant auſſi finement les defauts des autres, les a
auſſi humainement diſſimulez? Où eſt l'homme de
ſa Cour, qui ſe plaigne d'vn mot vn peu moins
concerté, ou d'vne raillerie piquante? Qui eſt-ce
qui n'en a point eſté écouté, & en tous lieux, avec
patience & douceur? Qui eſt-ce qu'il n'a point
obligé, meſme dans les refus? Qu'on me montre le
malheureux & l'infortuné. Qu'ay-je dit? Qu'on me
faſſe voir l'importun & le faſcheux, à qui il ait jamais dit vne parole dure & faſcheuſe. Qui l'a jamais
veu en colere, ou gemir ſous le penible fardeau
qu'il porte, comme s'il le trouvoit plus grand que
ſes forces; ou perdre ſa tranquillité propre, pendant
qu'il conſerve celle de l'Eſtat?

Ie prens à témoin cependant les mains auſſi la-
borieuſes qu'habiles, nuit & jour occupées ſous luy
à l'execution de ſes grands deſſeins, s'il ſe paſſe
rien, ſoit au dedans, ſoit au dehors du Royaume,

ni

ni aux plus petites chofes ni aux plus grandes, qui
ne luy paffe & repaffe inceffamment devant les yeux:
fi ce n'eft point par luy que s'entretiennent en
tous les climats du monde les negotiations étran-
geres; que nos provinces font calmes; que Paris a
tous les jours plus d'abondance, plus de feureté, &
plus de beauté; que les manufactures s'avancent;
que les arts liberaux fleuriffent; que les fciences
triomphent; que les charges fe rempliffent; que
toutes les graces s'accordent; que les revenus de
l'Eftat fe difpenfent; que les troupes fe confervent
& s'exercent; que la mer fe couvre de fes vaiffeaux
de guerre, & void décharger nos marchandifes où
n'alloit auparavant que le feul bruit de fon nom;
que nos fortifications étonnent la Flandre; que la
multitude, que la grandeur, & que la pompe des
baftimens royaux furprennent également le François & l'Etranger; que les fpectacles paffent l'imagination mefme, donnez au peuple, non comme
autrefois par les Grecs & par les Romains, pour en
acquerir l'Empire, mais par vn pur effet de magnanimité & de bonté: s'il n'eft pas vray enfin qu'vn
feul homme, & par confequent le plus grand des
hommes, fait avec facilité ce prodigieux nombre
de chofes, que nous avons peine à retenir & à compter.

Il faut, MESSIEVRS, que je contienne mon
admiration dans quelque forte de bornes. Emeuë
& excitée qu'elle eft, par tant de divers objets,
elle oubliroit le temps & le lieu, elle pafferoit aux
figures les plus hautes & les plus hardies; j'appelle-

C

rois, comme en jugement, devant vous, les Rois de toutes les nations & de tous les siecles : l'interrogerois, comme presens, les plus grands de nos Rois, qui regardent sans doute du ciel avec plaisir & sans envie les merveilles de leur Successeur : Ie demanderois au Ministre mesme qui a tant pris de soin & de son enfance & de ses Estats, s'il eust attendu ce fruit de ses conseils ; s'il eust pû prédire ce que nous éprouvons ; & si l'on a passé ses veuës les plus éloignées & les plus grandes. Consolez-vous toutefois, Cardinal illustre, vous qui pouviez ou égaler ou effacer tous les autres : Ce n'est pas vne honte d'estre effacé par luy. C'est assez pour vostre gloire, d'avoir eu quelque part à la sienne. Mais vous, dont nous sommes plus particulierement obligez à celebrer les loüanges, premier Protecteur & premier Auteur de nostre Societé, Genie tutelaire de ces Assemblées, fameux Cardinal de Richelieu, de qui la memoire sera venerable par toute la terre, tant que l'on parlera cette langue, tant qu'il y aura des sçavans, tant qu'il y aura des Ministres, & des peuples, & des Rois ; Ame grande, Ame haute, Aigle dont je ne puis suivre le vol ; pouvez-vous suivre des yeux celuy de Louis quatorziéme & voir ce qu'il execute aujourd'huy, sans avoüer ...... Mais où m'emporte le mouvement de mon zele? Achevez, MESSIEVRS, achevez, & que ce soit avec tout vostre esprit, tout vostre travail, toutes vos forces, (car il en est besoin :) achevez vn jour pour l'honneur de la France & pour le vostre, le Panegyrique que je viens d'ébaucher. Et puisque vous estes témoins de ma foibleſſe, ſoyez-le de ma paſſion, ou, ſi vous voulez, de mon emportement ; & que s'il m'euſt eſté poſſi-ble, ébloüy des lumieres d'vn ſi grand Roy, charmé de ſes vertus, penetré de ſes bontez, j'aurois fait mille & mille fois davantage.

Vous, MONSIEVR, par qui j'ay commencé & par qui je doy finir; encore qu'il n'y ait ſorte de gloire où vous ne puiſliez prétendre, comptez toû-jours pour la plus grande de toutes, celle d'en eſtre ſi particulierement eſtimé. Cheriſſez cette Compa-gnie : & pendant qu'elle vous cede avec reſpect & avec joye tous les autres avantages, ſans qu'elle en excepte meſme celuy de bien parler, ſouffrez ſeule-ment qu'elle vous diſpute celuy de bien connoiſtre le Prince ; c'eſt à dire, de le reverer & de l'aimer.

A
L'IMMORTALITÉ.

COMPLIMENT POVR L'ACADEMIE

Françoise au mesme Messire François de Harlay, de Chanvalon, sur son installation en l'Archevesché de Paris : prononcé dans son Palais Archiepiscopal le 22. Mars 1671.

Monseignevr,

Voicy le comble de noſtre joye : Tous les Academiciens, juſques aux moindres, ont triomphé de ſe voir en quelque ſorte égaler à vous par cette qualité; Tous, juſques aux plus grands, triomphent encore de vous voir au deſſus d'eux par celle de leur Paſteur & de leur Archeveſque.

Preſidez heureuſement, MONSEIGNEVR, à vn Peuple, dont les Princes font vne partie. Ce Roy luy-meſme, dont les loüanges ſont les voſtres, & ſur lequel on ne ſe peut épuiſer, tous les jours plus grand, encore qu'il ſemble ne le pouvoir devenir davantage : Ce Roy, maintenant l'amour des Etrangers, comme celuy de ſes Peuples, l'admiration des nations les plus reculées, auſſi bien que de ſes propres Conſeils, qui pourroit les ſoûmettre toutes enſemble, à qui toutes voudroient eſtre ſoûmiſes, n'aura point à l'avenir de plus grande gloire que celle de vous eſtre ſoûmis ; & ſa pieté, l'ouvrage du ciel, dont vous n'avez point jetté les fondemens, mais où vous allez avec ſaint Paul, *bâtir, en grand Architecte, d'or & de pierreries, ſera de-

*Vt ſapiens
Architectus
fundamentum poſui,
&c. Si quis
autê ſuperædificat ſuper fundamentũ hoc,
aurum, argentum, lapides pretioſos, &c.
1. Cor. 3. 10.

vant le ciel mefme, pour parler encore comme cet Apoftre, voftre efperance, voftre joye, & voftre couronne.

Mais quel fentiment intereffé s'oppofe à des penfées fi agreables? Quels mouvemens, ou de douleur, ou de crainte, les viennent troubler? L'Eglife vous a prefté à l'Academie; il faut, MONSEIGNEVR, que l'Academie vous rende à l'Eglife, qui va deformais vous occuper tout entier. Et fi voftre repos nous eft cher, comment pouvons-nous en conferver feulement, ou le fouhait, ou l'efperance?

Quelles veilles pourront fuffire à tous ceux pour qui vous avez à veiller? Quel patrimoine, ou public, ou particulier, à cette foule d'infortunez, qui n'en ont point d'autre que le voftre? Qui fera foible & infirme parmi nous, que vous ne le foyez avec luy? A quoy vous fervent vos propres lumieres & voftre propre pureté, s'il faut que vous répondiez de nos erreurs & de nos fautes? Qu'importe que vous ayez tant contribué à pacifier l'Eglife? Le plus difficile vous refte à faire, fi l'aigreur & la divifion bannies des Affemblées, ne hauffant plus la voix dans les chaires, n'éclatant plus dans les livres, fe cachent encore dans les cœurs & dans les efprits.

Comment acorderez-vous deux chofes auffi neceffaires qu'incompatibles; la retraite, & la vifite; la priere, & l'action; le commerce des Anges, & celuy des hommes? Pour peu que vous foyez trop long-temps fur la Montagne avec Dieu mefme, ce peuple fe fera d'autres Dieux: pour peu que vos

Quæ eft enim noftra fpes, aut gaudiũ, aut corona gloriæ? Nonne vos ante Dominum noftrum Iefum Chriftum eftis in advêtu ejus? 1. Theffal. 2. 19.

mains s'appefantiffent, & ceffent d'eftre élevées au
ciel, nous fuccomberons dans la bataille ; vn autre Amalec plus cruel & plus redoutable, fera le
vainqueur.

Toutes ces brebis vous fuivent, & connoiffent
voftre voix : mais chacune en particulier, par les
foins dont elle vous accable, veut que vous don-
niez jufqu'à voftre vie pour elle. Celles-cy vont
perir fi vous ne leur diftinguez à toute heure l'her-
be nourriffante d'avec le poifon : Ces autres blef-
fées & languiffantes n'attendent pas feulement de
voftre main vn appareil à leurs bleffures ; mais
mefme que vous les emporterez entre vos bras.
Courez cependant aprés celles qui font tout-à-fait
perduës : ce n'eft pas la centiéme partie de voftre
troupeau ; mais elles vous doivent faire quitter tout
le refte. De celles-là mefmes que le loup emporte
fi nous en croyons vn grand Pape de l'Antiquité,
il faut encore luy en difputer la toifon ; il faut luy
en arracher la dépoüille toute déchirée & toute
fanglante.

Et qui pourra fournir à tant de divers emplois, dont le nombre, dont l'importance, dont la
neceffité nous font trembler ? Vous, Monseignevr ; Nous ne tremblons plus, car le paffé
nous en répond & nous en affure. Ce feroient
des difficultez ; ce feroient des avis pour vn autre ; ce font des éloges pour vous. Ne recon-
noiffez-vous point vous-mefme fans que je vous
le die, dans la fidelle peinture de ce que vous

allez faire, tout ce que vous avez déja fait ?
Les actions font les mefmes, le theatre feule_
ment en fera plus élevé, & la gloire plus écla_
tante.

Quelle felicité eft la voftre, d'avoir à employer
d'auffi grands talens au plus grand vfage qu'on en
pouvoit faire, pendant que tant d'autres (& Dieu
veüille que nous ne foyons pas du nombre) culti-
veront inceffamment leur efprit, fans en rendre jamais, non pas la difme, non pas la difme de la difme,
à celuy qui le leur a donné.

Mais fi ce reproche tombe fur quelque particulier, & fans doute fur celuy qui vous parle; vn
Corps, qui a l'honneur de vous compter entre fes
membres, ne le fçauroit plus apprehender. Par vous,
MONSEIGNEVR, & par quelques autres illuftres
fujets, nous combatons pour la foy, nous rallumons
la pieté éteinte, nous reparons les ruines de l'Eglife,
nous nous dévoüons à Dieu, nous approchons de
fes autels, nous touchons à ces redoutables myfte-
res où les Anges n'ofent regarder, nous nous offrons
eternellement nous-mefmes en facrifice.

Si ce Corps a des parties & moins nobles & moins
vtiles; encore ferviront-elles à relever le merite des
autres; encore pourront-elles le faire éclater par le
difcours.

C'eft, MONSEIGNEVR, ce que vous devez
attendre du moins de noftre équité & de noftre re-
connoiffance. Ou nous ignorons l'art de rendre vn
témoignage fidelle à la vertu, & le commerce des

fiecles paffez ne nous peut rien promettre de ceux qui font à venir ; ou l'on fçaura quelque jour, & mefme aprés nous, ce que nous venons vous protefter aujourd'huy; Qu'eftimé, cheri, reveré de tout le monde, vous n'avez point trouvé ailleurs plus d'admiration, plus d'amour, plus de refpect, plus de foûmiffion que dans l'Academie Françoife.

Extrait du Privilege du Roy.

PAr grace & privilege de fa Majefté, figné CONRART, il eft permis au Sieur PELLISSON FONTANIER de faire imprimer tous fes ouvrages par tel Imprimeur qu'il luy plaira, pendant dix années, & défenfes à tous Libraires d'en imprimer ny contrefaire aucune chofe, fuivant les peines portées par ledit privilege.

Regiftré fur le Livre de la Communauté des Imprimeurs & Libraires le 19. Iuillet 1667.

Ledit Sieur PELLISSON a cedé le privilege cy-deffus pour imprimer le Panegyrique du Roy, à PIERRE LE PETIT Imprimeur de fa Majefté.

www.ingramcontent.com/pod-product-compliance
Lightning Source LLC
Chambersburg PA
CBHW070304220626
46818CB00018B/2407